맨발의 기억력

맨발의 기억력

초판 1쇄 발행 2017년 7월 28일

지은이 윤현주
펴낸이 강수걸
기획 이수현
편집장 권경옥
편집 정선재 윤은미 박하늘바다 김향남
디자인 권문경 조은비
펴낸곳 산지니
등록 2005년 2월 7일 제333-3370000251002005000001호
주소 부산시 해운대구 수영강변대로 140 BCC 613호
전화 051-504-7070 | 팩스 051-507-7543
홈페이지 www.sanzinibook.com
전자우편 sanzini@sanzinibook.com
블로그 http://sanzinibook.tistory.com

ⓒ윤현주
ISBN 978-89-6545-431-1 03810

* 본 도서는 2017년 한국문화예술위원회, 부산광역시, 부산문화재단
지역문화예술특성화지원사업으로 지원을 받았습니다.

산지니시인선 014

맨발의 기억력

윤현주 시집

산지니

아직도 별을 거는 눈썹이 있다.
여전히 달을 닦는 손길이 있다.
그래도 시를 일용하는 허기가 있다.

태양을 구워 먹는 뜨거운 입김도 아랑곳없이

그래도
여전히
아직도, 를 벼리며 땀을 훔치는
대장장이의 풀무질을 생각하나니.

| 차례 |

제 1 부

임플란트

이 도시의 치조골에 처음 이식될 때
안개 자욱한 해안도시는 모르핀처럼 통증이 없었지만
나는 도시의 면역반응 탓에 힘겹게 뿌리를 내렸지
이미 자리 잡은 토착의 이빨들과 부대끼고
나의 영역을 좌우로 넓히면서 굳건히 활착했지
도시의 입안에 던져진 먹거리들을
우걱우걱 잘디잘게 씹으면서 포식과 배설에 동조했고
아이스크림의 달달함에 취해 내게
주어진 저작咀嚼의 역할을 종종 망각하기도 했지
반영구적으로 잘 착근했다고 생각했으나
도시와 나 사이엔 종종 불화가 일었고
이물질을 깨물어 모서리가 떨어져 나가는 아픔도 있었지
이제는 뿌리가 자주 흔들리고 저작력도 떨어졌으니
내 역할은 이쯤에서 그쳐야 할 때가 된 것일까
나 하나쯤 종기처럼 쏙 빠져나와도
도시는 미동도 없이 더욱 강한 이빨을 이식하고
변함없이 먹거리들을 우걱우걱 삼킬 테니까

K의 의자

말기 암癌이 K의 영토에서 자폭했다
폭발음도 섬광도 없었다
육체의 폐허 위에 피어난 국화꽃 한 송이뿐

마흔아홉, 너무 짧게 빌려 쓴 몸
상환 기간은 종신형보다 길다

믹스커피를 애인처럼 끼고 살던 그의 책상 모서리에
켜켜이 쌓인 비원의 종이탑

마지막 일몰을 응시하다 사무실을 떠난 것일까
의자가 서쪽으로 돌아앉았고
엎어 놓은 책의 행간을 힘겹게 건너는 통증의 발자국,

그의 시간은 뜨락의 봄눈처럼 사라지고 있다
육체를 받아 주었던 의자만 오래 그를 기억했다

나날이 증발한 육체의 미세한 변화와

그럴수록 어린 새처럼 흔들린 영혼의 파동과
낮잠을 청할 때 허리의 각도와
먼산바라기로 날려 보낸 생계에 대한 한숨과
숙취의 몸속 알코올의 농도, 그리고
사랑했던 날들의 찬란한 날갯짓을

마침내 의자가 제복에 의해 치워지자
K는 화이트보드의 낙서처럼 깨끗이 지워졌다

망각의 벼랑에
아슬아슬 매달린 제비꽃 한 송이

젖은 눈망울

-실업계 고등학교를 나와 지하철역 안전문 전문 유지·보수 업체에 취직했던 한 청년이 서울 지하철 구의역에서 홀로 스크린도어를 고치던 중 지하철에 치여 사망했다.

죄송해요 엄마 두부처럼 으깨진 모습 보여 드려서
울지 말아요 엄마 제 몸은 허공에 흩어진 게 아니라
원래 온 어둠의 품으로 귀환했을 뿐인 걸요
염려 마세요 엄마 이곳은 열 달 동안 발을 차며 놀았던
자궁처럼 둥글고 캄캄하고 편안해요
홀로 작업할 때의
굉음도 눈을 찌르는 불빛도 보이지 않고
스러진 몸을 쫙 훑고 간 후폭풍도 잦아들었어요
너무 슬퍼 말아요 엄마 저는 몸을 버린 영혼이니까
우리 가족 꿈에도 그리던 해외까지 사뿐히 날아갈 수 있어요
하지만 엄마의 눈물은 닦아 드릴 수가 없네요
풀처럼 떨고 있는 엄마의 몸을 더듬을 수가 없네요
이상해요 영혼에서 팔이 돋아나지 않아요

마치 악몽 속 도주처럼 헛심만 써요

제 끼니는 염려하지 않아도 돼요 엄마

허기가 찾아들 몸이 없으니까요

제 가방 속 컵라면은 이제 버리셔도 돼요

조심조심 다니세요 엄마 꼭 2인 1조, 아시죠!

외출하실 때는 동생 손 꼭 잡고 한 몸처럼 붙어 다녀요

오늘도 스크린도어는 영혼 없이 열리고 닫히고

열차는 바쁜 발걸음들 삼켰다 뱉었다 하네요

그 많은 몸들 사이에 제 것만 보이지 않아서

죄송해요 엄마 하지만 잘 보세요 하늘 스크린 위에 맺히는

별처럼 깜빡이는 젖은 눈망울 두 개를

기자들

나는 노쇠한 개, 이빨은 파뿌리처럼 뽑혔고

야성은 서리 맞은 들풀이오

어둠마저 빨려 들던 눈의 광채는 어둠에 갇혀 버렸고

십 리 밖 악취를 낚아채던 후각은 권력의 향기에만 민감하오

절룩거리며 변방에 얼쩡거리면 영락없는 유기견 신세,

컹 컹 컹, 푸른 야생의 시절이 파노라마로 흘러가오

구름이 흩뿌려 놓은 국경을 해와 달 따라 휘돌며

무도한 맹수들과 일합을 겨루면서 잔뼈가 굵었다오

공분의 심연에서 길어 올린 짖는 소리에 들짐승들 혼비백산,

물었다 하면 턱뼈가 날아가도 놓지 않는 근성이 파다했다오

검은 봉투 속 미끼는 레몬 향 대하듯 했소

하지만 인간의 손을 타면서 타락은 연기처럼 스며들었소

목줄을 풀어 버린 식탐에 유들유들 살집이 잡혀갔고

스마트한 통제에 자아검열의 올무에 걸리고 말았소

영혼의 호수엔 별 대신 내려앉은 비겁의 앙금들

도적이 먹이를 던져 줘도 꼬리를 흔들어 대고

앞의 개가 짖으면 영문도 모른 채 따라 짖기도 했소

애완견들의 재롱에 선악의 뿌리가 뽑히고

보이지 않는 손이 휘두르는 몽둥이에 상처 입고

밥이나 축내는 축생으로 퇴락한 나는

개울에 떨어진 낙엽처럼 개의 영토서 흘러가야 하오

가슴속 작은 불씨로 보듬어 온 시詩의 땅으로 망명하려

하오

날카로운 본능의 이빨 대신 핏빛 꽃잎의 입술로

물어뜯는 대신 검붉은 서정을 짖어보려 하오

누가 알겠소 조개처럼 딱딱해진 영혼의 묵은 상처가

진주처럼 영롱한 시어詩語 하나쯤 해감할지!

반의반 통 수박의 고독

강제된 온도와 비닐 랩에 밀봉된
냉장고 속 반의반 통 수박, 마치 삶이
죽음의 꽁무니를 쫓아간 미라 같다

잃어버린 세 쪽 생각에 눈물 흘리나
세 쪽도 각기 어느 집 냉장고 속에서
다른 세 쪽을 생각하며 짓무르고 있을까

날카로운 칼날의 단도직입에
반의반으로 쩍 갈라선 쓰라린 기억,
칼날의 서늘함은 과육에 수렴한 채

독거가 응결된 냉장고 속에서
반의반 통의 수박이 기억되지도
망각되지도 못한 채 엉거주춤하다

한 통의 온전함으로
식구들을 동그랗게 불러 모아

숟가락 부딪게 하던

검푸른 시간은
변질된 수박 꼭지처럼 말라비틀어지고
추억은 조각조각 모자이크를 이뤘다

사회부장은 이렇게 말했다

지난밤 화단에 꽃봉오리 하나 툭, 떨어졌다
지나가던 회오리바람이 격렬하게 춤을 췄지만
끝내 꽃을 받아 내지는 못했다
추락하는 것에는 되감을 수 없는 절망이 있다
벌과 나비 대신 길고양이가
어둠 한 자락 끌어와 수의처럼 몸을 덮어 주고
가만히 꽃의 눈을 쓸어내렸다
하늘의 조문인 듯 별 하나 반짝, 빛났다

꽃은
조간 귀퉁이에 단신으로 부활했다

진부한 죽음은 재미없어. 사회부장이 하품을 한다. 자네
신문방송학 개론 안 읽었나? 사람이 개를 물어야 뉴스가 되
지 개가 사람을 물어서야 원. 죽음이 삶을 물어야 하는데 삶
이 죽음을 물었으니 쯧쯧. 김 기자, 화끈하게 삶의 급소를
물어뜯은 독한 죽음 어디 없어?

기자는 현장으로 급히 뛰쳐나가고
사회부장이 혼자 중얼거린다
지천이군, 죽음은 다 죽었어!

대추나무에 걸린 시詩

눈치 빠르고 재주 많은 봄꽃들
한바탕 잔치 파한 뒤끝이다

어디 먼 길 돌고 돌아
세작 같은 잎새 겨우 내민
마당가 대추나무의 때늦은 등단,

갈 길 멀다고 해서
어느 한 계절인들 건너뛸 수는 없지
온몸으로 세월을 관통해야만 하리

화려한 꽃의 수식 대신
태양의 뜨거운 직유와
달과 별의 은은한 은유, 그리고
뇌우의 활달한 활유로

군더더기 없는 붉고 야무진
열매의 내력을 써 내려가야 하리

늦가을 붉은 대추 한 알 깨물면

네 계절의 선명한 지문이

진한 향기에 묻어 나올 수 있도록

물먹다

인사에서 또 물먹었다
세상에 하나뿐인 묘한 이 물맛,
사람은 밥은 먹지 않아도 한 보름 버틴다지만
물을 먹지 않으면 며칠 견디기도 힘들다는데
막장에 갇힌 사람은 자신의 오줌이라도 받아 마신다는데
안간힘으로 땀을 흘리지 않는 내게 시시때때 물먹여 주니
얼마나 물 같은 아량인가
물먹은 물은 생명수야
나를 살려 주고 처자식을 먹여 주고 노부모를 봉양하는
생의 사막을 건너오게 한 오아시스지
물먹은 물맛은 처음에는
쑵쓸하고 비릿하고 찌릿하고 열 받고 서글프지만
그래도 영영 죽을 맛은 아니지
이 물 먹고 황천길 갔다는 사람 봤나
싸우며 정들듯, 습관적으로 자꾸 먹다 보면
달콤하고 깔끔하고 안온하고 열 내리고 웃음까지 실실
나는
하, 기막힌 물먹은 물맛

생의 절벽에서 날거나 명예 없는 명퇴라도 하는 날이면
다시는 맛보기 힘든 상선약수,
물처럼 살아가는 게 최선책이라는 엄중한 경고야
아직도 인사철이 되면
은근히 입술 바싹 타들어 가게 하는
물 같잖은 이 물맛, 음미할수록
손가락 사이를 빠져나가는 잡히지 않는 서러움,

맨발의 기억력

오래 나를 끌고 다닌 구두 한 켤레를 버렸다
낡은 구두를 버리는 것은

밑창에 말려 온 욕된 시간을 두루마리째 버리는 것
맹목으로 걸어간 진창길을 수레째 버리는 것
한쪽으로 기울어진 편견의 굽을 통째 버리는 것
밑창에 밟혀 무릎 꺾인 풀들의 한숨과
발등에서 낙상한 벌레들의 신음을 양동이째 버리는 것

새 구두를 신고
다른 사람이 되어 경쾌하게 집을 나서는 아침,
그렇다고 해도 끝내 다 버릴 수 없는 것은
맨발에 새겨진 부끄러움 몇 짐

사람은 죽을 때 신발을 벗지만
일생 걸어간 흔적까지 다 벗진 못한다
맨발의 기억력은
머리보다 가슴보다 오래가기 때문이다

맨발은 일생
머리와 가슴을 떠받치고 다녔기 때문이다

고3 성자들

비가 옵니까 눈은 내리나요
마음 버린 산중에는 기압골이 형성되지 않습니다
자유는 중생계에 신탁한 어음 쪼가리,
독서백편의자현 검인정 경전을 달달 독송합니다
해탈은 삼차방정식 아니면 코사인 아니면 탄젠트
혹은 논술의 행간 어디쯤에 숨어 있는 걸까요
천장에 감시의 물방울이 위태롭게 매달려 있네요
깨달음에도 등급이 있으니까요, 1등급에서 9등급까지
촘촘하게 명부에 기록되어
육도윤회의 무서운 업장이 될 거래요
큰절 자세로 명상에 빠진 성자
막 돈오를 얻었다는 듯 연신 고개를 끄덕이는 성자
졸고 있는 어깻죽지에 죽비가 내리쳐집니다
하안거 지나기도 전에 빈자리가 뻐끔합니다
파계한 파락호들, 세상이 받아주지 않아
산기슭 어디쯤 문전걸식 어슬렁거리고 있을 테죠
곧 수능한파가 닥쳐오면 산문山門은 폐쇄됩니다
그때 세속의 권능이 깨달음의 등급을 매기겠죠

그러면 산중에도 눈비가 오고 바람이 불고
자유와 사랑의 기압골도 형성될까요
오랜 정진은 1등급의 깨달음을 얻을 수 있을까요
깨달음은 자본의 사바세계에 한 떨기 빛이 되고
한 움큼의 소금이 될 수 있을까요
극락행 특급열차의 티켓이 될 수 있을는지요

넥타이

넥타이를 매면서부터 나는 이등분되었다 넥타이는 머리와 가슴을 가로지르는 휴전선, 사상과 정서 차가움과 뜨거움을 갈라놓는 군사 분계선이다

넥타이를 경계로 사상과 정서, 차가움과 뜨거움이 날카롭게 대치해 있기에 사상의 노복이 되었다가 때로 정서의 계집종이 되었다가, 차가워졌다가 뜨거워졌다가 하면서 어느 한쪽에 속하지 못하는 나는 날카롭게 대치 중이다

긴 목은 사상과 정서가 함부로 범할 수 없는 비무장지대, 긴장된 고요와 생명이 살아 숨 쉬는 긴 강을 따라 생명의 원천이 꿈틀꿈틀 관통한다

넥타이는 불온한 침묵의 지휘자이다 언제 평화를 깨고 길길이 날뛸지 나도 나를 알 수 없다 넥타이가 거리로 쏟아져 나오자 시민혁명이 이뤄진 적이 있지, 이것은 넥타이의 복종성과 도발성을 동시에 말해 주는 것

스카프나 머플러가 머리와 가슴을 덧대는 솔기라면 넥타이는 머리와 가슴을 분리하는 도구여서 넥타이를 매면서부터 나는 내 안에 아래 위 2인분의 내가 숨 쉬고 있음을 자주 느낀다

허리띠를 풀면 욕망이 주르르 흘러내리듯, 넥타이를 풀면 사상과 정서가, 차가움과 뜨거움이 풀려 내 목울대 어디쯤에서 상봉의 흐느낌이 일기도 하는 것인데

집에 돌아오면 목을 놓아주며 밤새 널브러졌다가도 아침에 집을 나설 때면 어김없이 목에 척 감겨드는 넥타이, 다정한 연인처럼 징그러운 전갈처럼 종일 나를 따라다니는 생계의 총질이다

빈방

네가 가고 없어 정갈한 적막이 꽉 찬다
아르바이트 일을 잠시 놓고 내려와 며칠 머무는 동안
풀어헤친 옷이며 책이며 노트북이며
모처럼 나풀대던 게으름의 보푸라기마저
참 깨끗이 쓸어 담아 갔구나
각지게 개어 놓은 이부자리는 힘겨웠던 군생활의 유산인가
홀쩍 떠난 귀빈처럼 뒤끝이 없다
삶은 올 때와 갈 때 그 마음의 낙차로 멍드는 것인지
네 어미 야윈 손등엔 푸른 맥박이 뛴다
서울은 사람 살 곳이 못 된다는데 어디 한번
사람같이 살아 보겠노라 홀연 떠난 너는
때로 한밤중의 별똥별로 떨어졌다가
초저녁 개밥바라기별로 다시 깜빡거린다
서재에 앉아 우두커니 책장을 넘기는데 울리는 메시지,
–잘 쉬었다 갑니다 마음 다잡아 열심히 노력해 볼게요 ㅜㅜ
가진 것 없는 자의 낡은 새 다짐 '노오력'에게
서울은 무슨 보람을 안겨 주려나
베란다에서 하릴없이 내다본 북쪽 하늘에

밑 빠진 국자 같은 북두칠성이 건너가고 있다

어느 날의 도시

사람들은 주저하며 악수를 하고
사랑마저 유예한 채
말수를 줄이고 캡슐 속 알약처럼 캄캄해졌다

1, 2, 3, 4, 5… 영문도 모른 채
이름 대신 숫자를 부여 받은 사람들이 격리되고
풍문은 뉴스보다 더 빨리 번졌다

버스에서 지하철에서 식당에서 극장에서
흰 마스크들이 안구 마우스처럼 눈으로 안부를 물었고
함부로 입을 여는 건 금지됐다

얇은 입술 하얀 얼굴의 여성 지도자는
투명유리관 속에서 뭔가 열심히 중얼거렸지만
향기 없는 말은 안에서만 맴돌았다

구급차가 난봉꾼처럼 지나가고
압류된 시간을 실은 장의차가 빈번하게 오갔다

번호표가 포대에 싸여 화장터로 보내질 때
국화꽃 한 송이 헌화할 자유도 허락되지 않았다

통곡은 격리돼 맥놀이를 일으키고
계절만 달아올라 공원의 개들은 흘레를 붙었다

유월의 텅 빈 거리, 아무것도 모르는
치자 꽃향기만 유령처럼 떠돌았다

숟가락의 연애법

시방 허기지고 쓸쓸한 나는 허름한 식당 구석에 앉아
낡은 스테인리스 숟가락과 연애 중이다
한때 니나노 판의 빛나는 가락이었던 숟가락이
모락모락 흰밥을 내 입속으로 퍼 나를 때
내 육체는 숙성한 반죽처럼 부풀어 오르고
헐떡거리며 밥 한 그릇을 뚝딱 비우는 동안
숟가락은 내 입천장과 혓바닥을 골고루 애무한다
두 입술 사이를 후회처럼 천천히 빠져나온 뒤
식탁 위에 벌러덩 드러눕는 숟가락, 흡족하게
관계를 끝낸 사내처럼 부푼 배를 출렁이며
나는 식당 문을 나선다, 그렇다면 숟가락은
나의 애인이라도 된다는 말인가
오늘은 내 입속과 몸을 뜨겁게 달궜지만
어제는 행인 상인 노숙인 은행원 교사 학생 사장 종업원…
가리지 않고 허기지고 쓸쓸한 입속 애오라지 누볐을 테니
천하의 바람둥이라고 해야 하나
나와 당신은 숟가락을 매개로
입술을 교환하고 민감한 혓바닥마저 공유했으니

얽히고설킨 다각多角의 연인관계라고 해야 하나
목숨 줄을 놓지 않는 한 결코 숟가락을 놓지 않는
우리는 필생의 연적이라고 해도 무방하겠다
한 사람의 입내 기억을 설렁설렁 헹구고
다른 입속에 들어가기 위해 정렬해 있는 숟가락은
저잣거리의 입들을 한통속으로 결속하는 도구이다
저 과묵하게 배 불리는 사랑법은
날마다 육체를 부활시키는 한 끼의 거룩한 성행위다

러닝머신

보이지 않는 어떤 힘이 밀어붙이는
고무판 위의 형형색색 신발들이 전진하고 있다
신발과 신발이 교차할 때
화려한 무지개가 뜬다 어디로
가는지도 모른 채 조작된 속도에
굴종해 내딛는 맹목의 행진
숨이 목구멍까지 차오를 때까지
악몽 속 도주처럼 제자리서 맴맴 돈다
천 길 낭떠러지가 적군처럼 뒤쫓아 와
잠시라도 멈추면 까마득한 추락이다
사막의 양떼처럼 도시의 오아시스 찾아가는
신발들을 굴리는 저 힘은 무엇인가
불이 꺼지고 헬스장 문이 닫히면
몸에 흐르는 혈류마저 차단한 채
신발들이 달린 노고와 절망의 크기를
긴 혀로 핥으며 가늠해 보는
손금 없는 어떤 손 얼굴 없는 미소는

헐렁한 시간

머리 희끗희끗한 사내 서넛이
이쑤시개로 이빨을 쑤시며 식당을 나선다
하나같이 다른 보폭과 걸음걸이에
각자도생의 이력이 선명하게 발자국 찍힌다
생계의 지렛대가 벌려 놓은 이빨과 이빨 사이,
한 30년 바짝 조였으나 이젠 헐거워져
용도 폐기를 앞둔 볼트와 너트의 틈새 같은
사이로 바람이 드나드는 헐렁한 시간,
이제는 더 죌 연장도 힘도 없는
사내들의 오늘 점심 메뉴는
회한과 불안을 엇썰어 넣은 김치찌개에
소주 두어 잔이 말없이 부딪혔다

지하철

빛이 두려운 음성 주광성走光性의 포식자가
달려 나간다 어둠이 자진해 길을 내준다
직립보행의 짐승들 뱃구레 가득 삼켰다 배설했다 한다
번득이는 두 눈 육중한 몸 가쁜 숨소리, 고래처럼
허파호흡을 위해 잠시 지상에 떠오를 때도 있지만
날카로운 빛의 날에 화들짝 놀라 회귀하는 두더지과
몸속에 순치의 유전자가 흐르고 있다
소의 조상이 채찍과 여물에 길들여졌듯이
어떤 손이 정교하게 심어 놓은 프로그램에 따라
새벽부터 밤까지 역주를 멈추지 않는다
혈관에 흐르는 전기신호에 비밀코드가 있다
반복을 무한 증식하는 권태로운 질주, 발목에
감긴 레일을 풀고 탈주를 꿈꾼 적도 있다
시속 80킬로미터 속도에 몸을 던진다면, 두두두두
남해 해안까지 한달음에 치달을 수도 있겠지만
레일을 벗어나는 것은 계약을 위반하는 일
지하의 동물세계에서 퇴출당하는 일, 저도
피로할 때 있어 깜빡 졸며 역을 지나치거나

한 발을 레일 밖으로 슬쩍 헛짚어

세상을 발칵 뒤집어 놓는 게 일탈의 전부다

소화불량의 짐승들 역마다 말끔히 배설하고

세상의 빛들도 하나둘 소등될 즈음

덜커덩거리며 기지창으로 돌아가는 지친 포식자를

몽키 스패너를 든 벌건 눈의 수리부엉이들이

입맛을 쩝쩝 다시며 기다리고 있다

제 2 부

장미와 담장

장미가 담장을 타고
어디로 달려가고 있다

장미는 담장에게서
배경을 얻었고

담장은 장미에게서
빛깔과 향기를 훔쳐

마지막 봄 손님을 태우고
달려가는 급행열차

모음母音을 파는 사내

지하철 번 출구 안내 기둥이 든든한 배경이다
뒤쪽 시선 다 가려 주고 앞쪽만 보라고 등 떠민다
새까맣게 타서 졸아든 사내, 흔들바위처럼
삶의 벼랑에서 떨어질 듯 떨어지지 않는다
뜨거운 냄비 속 낙지처럼 꿈틀대는 얼굴,
뒤틀린 양팔로 허공을 배배 꼬며
아우~ 아우~ 오늘도 호객이 필사적이다
생계와의 지독한 마찰로 자음이 다 닳아 버린 것일까
토막 난 모음들만 후두를 헤집고 쏟아진다
ㅣ ㅓ ㅓ ㅓ ㅏ ㅜ ㅔ ㅗ …
뜻을 이루지 못한 연쇄의 모음들이
허공을 떠다니다 차 소음에 치여 토막 나고
바닥에 떨어져 행인의 발길에 뭉개진다, 그때
지나가던 중년 여자가 낱말 맞히기라도 하듯
알뜰히 모음을 주워 자음 하나씩을 붙여 준다
겨우 뜻을 완성했나 보다, 여자가
바닥의 빨간 고무장갑을 부끄럽게 가리키자
부처가 연꽃을 들 듯, 사내는

48

왼손을 천천히 아주 천천히 들어
네 개의 손가락 중 두 개를 V자로 펼쳐 보인다
여자가 미소 지으며 천 원짜리 세 장을 건네자
사내는 열광하듯 모음을 쏟아내며 몸을 흔든다
여자가 지하 계단으로 미끄러지듯 사라지고
사내 앞에 놓인 고무장갑 편지봉투 껌 위에
모음 부스러기와 흘기고 간 눈빛들이 수북하다

계절을 파는 여인

그녀는 계절 장사꾼, 화투 패 돌리듯 야채를 난전에 풀어
놓으면 손끝에서 풀려나는 네 계절을 판다

냉이 달래 쑥 씀바귀 더덕 딸기 취나물 방풍나물 펼치는
손끝에서 고양이 달음박질로 피어나는 봄

감자 오이 토마토 자두 살구 옥수수 도라지 브로콜리 펼
치는 손끝에서 황소의 하품으로 피어나는 여름

배추 무 양배추 호박 사과 가지 홍합 고등어 펼치는 손끝
에서 은행잎 물드는 속도로 피어나는 가을

봄동 시금치 미나리 당근 콩나물 굴 바지락 미역 펼치는
손끝에서 얼음장 밑 버들치 숨소리로 피어나는 겨울

그녀가 파는 계절은 냉장보관 되지 않는다 언제나 실시간
의 싱싱함이 밑천이다 계절은 팔아도 팔아도 무진장이므로
그녀는 평생 팔아야 할 운명,

사철 새벽마다 따끈따끈한 뉴스도 피워 올리는 그녀의 때
전 손끝 곁에는

　계절의 숫자만 까먹는 멀쑥한 사내와 계절을 잊고서 꽃망
울 팡팡 터뜨리는 계집아이도 있다

산복도로 풍경

-골목

미노타우로스의 미궁처럼
어디로 들어가도 입구가 되지만
한번 들어가면 출구를 발견하기가 힘들다
길을 잃은 바람이 이 집 저 집 헤집고 다니는 바람에
바람 잘 날 없는 골목은
동네의 소문이 흘러 다니는 혈관이다
삶의 실마리를 놓친 사람들을
오래 인질로 잡아두기 위해
낮에도 얼굴 가린 그림자 풀어 감시하고 있지만
자고 나면 하나둘 늘어나는 빈집들,
아이들의 웃음소리가 끊어진 골목엔
배고픈 개와 고양이들이
혈전처럼 돌아다니고 있다

산복도로 풍경
-파란 물통

물통을 섬기는 족속들이 있다
밤이나 낮이나 물통을 이고 사는 사람들
집 안에서 물통이 가장 높은 자리이다

우리 몸의 7할이 물이다 물은 생명의 근원이다, 따위
먹물 먹은 소리는 한낱 사치일 뿐

물지게를 지고 계단을 오르내리다 아득히 굴러 떨어지거나
물 받으러 줄 섰다가 별 몇 개 동동 띄워 귀가한
뼈저린 기억들이
물통을 치성으로 섬기는 신앙을 낳았다

수도꼭지서 콸콸 쏟아지는 고압의 물줄기는
저압으로 떨어진 생계의 탄성을 높여 준다

입을 맞춘 듯 물통이 파란 이유는
창공으로 비상하려는 족속들의 비원이
찰랑찰랑 물통 가득 담겨 있기 때문이다

산복도로 풍경

-천국의 계단

가난한 자는 복이 있나니, 가난한 노인이 복 받으러
천국행 계단을 오르고 있네
오른쪽 다리가 왼쪽 다리를 선행하듯이 끌며
해의 시침에 몸을 맡긴 채
까꼬막 계단을 나무늘보처럼 오르고 있네
가팔랐던 삶의 기울기, 딱 그만큼 꺾인
등짝 위로 뭉텅뭉텅 쏟아지는 뙤약볕 세례
생계의 급물살이 할퀴고 간 얼굴 협곡 따라
벙글어 반짝이는 소금꽃 더미,
천국은 하늘 가까이 있다고 했나
새털구름 몇 점 압정으로 박힌 하늘지붕 아래
산만디 국경으로 천천히 순례를 떠나는 노인
천국은 심심하다고 했지, 소주 두 병과
심심풀이 새우깡 한 봉지 담긴 비닐봉지가
뒷짐에 대롱대롱 매달려 따라가네
긴 여정 끝 다다른 성문 앞, 암호 같은 주문을 외자
드르륵 열렸다 철커덕 닫히는 전능한 쇠문
복 짓지 않은 자 함부로 들어올 수 없다는 듯

담장 위 고양이가 쌍 경고등을 켜네
수정산을 훌쩍 장대높이뛰기로 넘어온 어스름이
산삐알에 회색 은총 풀어놓을 때
산 아래 지상에 닿는 가파른 길들은
마음을 접고 눈을 감네

산복도로 풍경
-흔들리는 섬

말끔하게 정리된 재개발지구 귀퉁이에
12월 마지막 일력日曆처럼 대양 속 섬처럼
낡은 슬라브 집 한 채 흔들리고 있다

아직 숨결이 조금 남아 있나 보다
오늘 아침에도 대문을 굳게 걸어 잠근 노부부의
종종걸음이 좁다란 흙길 위에 박음질됐다

옥상엔 빛바랜 파란 물통이 있고
붉은 벽돌 외벽은 난생 처음 일광욕으로 상기됐다

굴삭기 몇 대가 근육을 긴장한 채 대기 중이다

다시 밤이 오자 금 간 유리창으로
거친 숨결이 흐릿하게 배어 나오고
투두둑 건달처럼 문을 두드리고 사라지는 북서풍

무슨 사연일까, 머잖아 쓰나미가 덮치면

까무룩 쓸려 버릴 한 점 섬의 운명인데

궁지에 몰린 쥐의 오기 같은 것일까
철거의 인저리 타임이 째깍째깍 흘러가고

산복도로 풍경
-빨간 고무다라이

들판에서 보드라운 풀잎으로 밑씻개를 했듯이
검정 고무신에 송사리를 담았듯이
좁다란 논두렁에 메주콩을 심었듯이
가난은 변통의 어머니

상추 고추 마늘 정구지 깻잎…
앉은뱅이 밥상에 오를 목록들이
빨간 고무다라이 안에서 오종종 자란다
계절 따라 들꽃들은 댓글처럼 피고 지고

늦은 저녁 잠결에
생선 가득 고무다라이 이고 계단 오르시던
어머니 벅찬 숨결은
수평선 너머로 사라졌지만

옛 동무들처럼
담장 아래 늘어선 빨간 고무다라이 안에서
기억의 물비린내 뭉근 피어오른다

산복도로 풍경

-벽화

아이들이 경계선 안에서만 뛰어논다 밖으로 나올 생각이
없나 보다 참 얌전하기도 하지 이상한 나라의 앨리스처럼
비현실적이다 발을 땅에 닿지 않고 공중부양을 하는 아이
팔이 아프지도 않은지 한 동작으로 연신 줄만 돌리는 아이
사뿐하게 철봉에 매달려 내려오지 않는 아이 늘 한쪽으로
기울어진 그네를 타는 아이 사철 꽃과 잎이 시들지 않는 활
엽수 거미줄도 없는 허공에 걸려 옴짝달싹 않는 벌과 나비

시간은 어느 지점에서 봉인됐다
아이들은 늙지 않고 다만 낡아갈 뿐

계단참에서 우두커니 앉아 뚫어져라 쳐다보는
움푹하고 쭈글쭈글한 눈동자 두 개

산복도로 풍경
-168계단

시인이여,

가파른 삶을 은유하고 싶거든 이곳으로 오게나

'초량 이바구길' 초입 168계단 앞에 서면

가파름의 상형문자가 날것으로 막아설 테니

한 계단 한 계단 읽으며 올라가게나

이 문자를 해독하지 않고는 누구도

간난신고 옛 이야기의 중심을 관통했다 할 수 없으니

오를 땐 뒤돌아보지 말 것

너무 높이 올려다보지도 말 것

뒤돌아보면 아찔한 후회요

올려다보면 아득한 절망이러니

제자리에 주저앉거나

나락으로 떨어진 발걸음들 부지기수였음을

고개 숙이고 내디딘 한 걸음 한 걸음이 쌓여

마침내 꼭대기에 닿게 되는 것,

168계단 가운데쯤서 멈추고 창공을 올려다보게나

나아가면 희망이 되고

물러서면 절망이 되는

상형문자 비밀이 마침내 풀려날 테니

시인이여,

가파른 삶을 노래하고 싶거든 이곳으로 오게나

포크레인

낡은 기억이 주식主食이다
새벽부터 밤까지 게걸스럽게 기억을 쪼아 먹지만
그럴수록 더욱 죄여오는 허기의 엄습,

재개발지구는 기억의 아수라 먹거리 천국
철거 접근금지 핏빛 글자는 식욕을 자극하는 애피타이저

툭 치기만 해도 털썩 주저앉는 푸석푸석한 기억
얼음처럼 와장창 해체되는 깔끔한 기억
갈비처럼 맛있는 부위일수록 질기디질긴 기억의 맛

기억은 희노애락애오욕을 세월의 양푼에 담아
추억의 향신료를 살짝 뿌린 비빔밥이다

기억이 서로 물고 버틸 때
강철 이빨은 수평 기억의 숨통을 단숨에 끊고
유연한 구체관절이 수직 기억의 옆구리를 쳐서 허문다

참수된 기억들이 고꾸라져 나뒹군다
먹고 난 기억의 잔반들을
청소벌레 트럭들이 가득 채워 떠나고

기억을 말끔히 먹어 치운 자리에는
망각의 숲이 하늘 높은 줄 모르고 자라고 있다

포란抱卵

회똘회똘 마을버스가 내려오고 있다
밤새 쌓인 산동네 어둠과 추위 차창에 묻힌 채
되똥되똥 덜 깬 잠들을 가득 싣고 온다
아파트 앞 정류장에 잠깐 멈춘 만원버스
올라타니 딱 한 자리가 이 빠진 자국처럼 비어 있다
방금 내린 노동자풍이 앉았던 자리
아, 따듯하다 남아 있는 체온이 스멀스멀 올라온다
사내는 자신이 무엇을 흘린 줄 까마득히 모를 테지만
찬바람에 얼얼해진 내 엉덩이가
아랫목 온기인 양 진득하게 빨아들인다

누군가를 따뜻하게 하는 일은 이처럼
알게 모르게 이뤄지기도 한다
알게 모르게 한 일이 세상의 냉기를 덥힌다

버스 안을 휙 둘러본다
여남은 좌석마다 묵묵히 앉아
포란하듯 의자를 품고 있다

날개를 활짝 펼쳐 알을 품은 어미닭처럼
외투를 펼쳐 의자를 부화하고 있다
온기 하나씩 알을 깨고 나와
뒤에 앉을 사람의 엉덩이를 덥혀 줄 것이다
꾸벅꾸벅 포란 중인 승객들을 따라 나도
어미닭 흉내를 내며 콕콕 추위를 쪼아 댄다

막춤

나는 뼈가 없는 몸 건달처럼 건들거림으로 말을 대신하지 그래도 화내는 법을 몰라 무골호인이거든 세상에서 가장 단순한 춤을 추지 형식도 내용도 없고 리듬도 스텝도 없는 바람의 굴곡 따라 이리저리 흔드는 몸짓, 단돈 3000원에 모십니다 오세요 오세요 밀면 한 그릇이 단돈 3000원, 단돈 3000원을 위해 허리를 꺾지 머리를 숙이지 꺾으면 허리가 되고 숙이면 목이 되는 뼈대 없는 가계家系의 물컹한 설움을 아시는지 나의 일용할 양식은 바람 바람만 빵빵하게 불어 넣어 주면 끝내주게 흔들어 주지 늦바람난 여자처럼 영혼마저 흔들리는 춤사위 다리는 퇴화하고 없어 걸어 본 적이 없으니까 앞도 뒤도 없어 표정 지을 이유가 없으니까 밤이 가장 두려워 푸시시 꺼져 버리니까 한순간 픽 쓰러져 버릴 허무한 춤사위 그래도 두근거리며 기다릴 거야 내일 아침 바람을 불어 넣기만 하면 빵빵하게 그러나 조금은 헐렁하게 다시 발기할 테니까 시시포스의 슬픈 숙명처럼 춤은 계속될 테니까

꽃다지

들판에 외따로 떨어져 있으면
길손의 눈길 한번 잡지 못하는 하찮은 몸짓이

길섶에 노란 무리로 피어
바람의 향방을 전하는 풍경이 되네

꽃잎 겨우 이고 갈 낭창낭창한 허리지만
바람에 꺾이지 않는 것은
서로가 서로를 부목처럼 받쳐 주기 때문

사람도 그렇겠구나, 홀로
흔들리면 하잘것없는 몸짓이지만
함께 어우러지면 꽃밭이 될 수도 있겠구나

서로 어깨 받쳐 주며 쓰러지지 않고
세풍世風의 향방을 바꿀 수도 있겠구나

때밀이 여자

일생 때를 신봉한 보살이 있다
수미산 높이로 때 공덕을 쌓아야 반야용선
끄트머리라도 올라탈 수 있다고 철석같이 믿는

사철 불어터진 맨발에 슬리퍼 질질 끌며
날마다 단골사원 열반탕에 가는 억척보살

평생 술 공양을 업으로 삼는 지아비 손찌검마저
업장 씻는 일이라며 배시시 웃고 마는

보살의 결기 서린 원력顯力 앞에
스스로 죄업의 옷을 벗고 눕는 중생들

해탈을 염원하는 마디 굵은 손길 인도하는 대로
탐진치 출렁대는 알몸뚱이를 선선이 돌려 뉜다

열탕의 고통을 견딘 육신은 이미 깨치기 시작했는지
이태리타월 까칠한 말씀 닿자마자

스스로 떨어져 나가는 번뇌들, 황토빛
묵언의 길이 종횡으로 환하게 열린다

비누로 마감질을 하고 찬물 관욕을 받으면
삼독三毒이 말끔하게 씻겨 나가고

깨달음의 열락 속에 발갛게 달떠 나서는 중생들을 따라
염화미소 늙은 보살도 세속으로 흘러드는 밤

알아들을 수 없는 진언의 중얼거림을 들었는지
초승달에 가득 담긴 염원의 정화수가 출렁거린다

버려진 길을 딛고 삶은 일어서는가

미포에서 청사포 휘돌아 송정까지
낡은 오르간 건반 위를 안단테로 걸으면
추억의 소나타가 파도소리에 실려 퍼진다

삶의 무게와 속도가 떠난 뒤
시간에 버림받은 관 속의 사자死者처럼
창백한 얼굴로 누워 있는 동해남부선 폐선

객일 땐 차창 너머 훔쳐보던 조각보 같은 바다풍경
비로소 온전한 보자기로 꿰어 맞추며
주인의 걸음으로 생의 변곡점 돌고 있는 행렬

버려진 길을 딛고 삶은 일어서는가
상여 길을 되짚고 와 산 자들은 새날을 맞고
아버지 지게의 길을 지우며 내가 걸어왔듯이
이별의 캄캄한 밤을 구워 먹고 해를 토해 내듯이,

기차의 도착음 울릴 때마다 벌렁거리던 심장 멈춘

철길 위에 달빛 조화가 수북이 쌓이고

빈 가슴의 사람들이 밤늦도록
희망가를 부르며 걷고 있다

호랑이 쇼

조련사의 날카로운 눈빛과 단호한 손동작을 따라
잘 훈련된 호랑이는
두 줄을 타고 이글거리는 불 속을 맹목으로 뛰어든다

그때마다 조련사의 손아귀에서
자동으로 던져지는 살점,

호랑이를 움직이는 것은
명령도 강요도 아니다
때에 맞춰 던져 주는 한 토막의 보상이다

노련한 조련사는 호랑이를 배불리 먹이지 않는다
시시각각 몰려올 허기의 공포를 주입시킬 뿐

살아 있는 먹이를 통째 던져 주지도 않는다
찢을 것도 씹을 것도 없는, 딱 한입의 살점이
호랑이의 살기殺氣마저 삼켜 버렸다

돌아서는 조련사의 뒷덜미에 핑그르르 도는
피의 냄새에 혼몽해지기도 하지만
결코 반역을 꿈꾸지 않는 호랑이,

한입의 순치가
필패의 반역보다 달콤하기 때문이다

그러므로 관광객들이 본 것은
호랑이 쇼가 아니라
호랑이 탈을 쓴 조련사의 음모이다

제 3 부

경기 동향에 관한 보고서

간밤에 불어 닥친 불경기 한파에
우수수 실업한 낙엽들
집 잃고 거리에 나앉은 노숙 행렬
우우 단속의 칼바람 몰려오면
길섶에 쏠려 이리저리 쫓기는 신세

겨울은 빈털터리 무직자 신세
하늘은 퀭한 독거노인의 눈빛
햇살이 비정규직으로 찔끔 비추면
빌딩 사이 짙어가는 다크서클
마이너스 잔고만 쌓이는 희망들

새봄 호경기 따신 바람 불어오면
재취업한 새잎이 생기를 되찾고
가로수마다 푸른 지폐 나부낄까
가가호호 담장 너머 웃음꽃 만발할까
수출품 가득 실은 컨테이너선 뱃고동처럼

누가 내 이름에

누가 내 이름에 동그라미를 친다
누가 내 이름에 세모를 친다
누가 내 이름에 곱표를 친다
화살표
물음표
별표도
친다

이름에
곱표와 화살표가 쳐질 때마다
저주받듯 내 몸은 움찔하며 아프다

동그라미나 별표를 받기 위해
맹목으로 달려온 세월의 여울, 그 너머로
쓸쓸히 흘러가는 기억의 물비린내,

반복해 읽은 책의 표지처럼
내 이름은 이제 너덜너덜해졌다

마침내 삭아서 흘러내리려 한다

내 이름은 나를 가둔 새장,
새장을 박차고 나오자

새처럼 뼛속이 텅 빈 나는 비로소
무심의 허공을 훨훨 날아갈
채비가 되었는가 안 되었는가

고층에서 내려다본 풍경

바다에 성큼성큼 걸어 들어가 길게 엎드린 광안대로 등줄기 위로 딱정벌레들이 줄지어 기어가고 있다 각자 전속력일 테지만 멀리서 보면 속도가 생략된다 일상은 한 일一자로 수렴되고

다리 밑으로는 순풍의 바닷바람을 맞으며 소금쟁이 몇 마리가 푸른 화폭에 수채화를 그리고 있다 일상 탈출은 평평할 평平자로 수렴되고

이 얇은 유리창 한 장은 안과 밖을 나누는 명쾌한 경계, 밖의 소음들이 먼 세상처럼 아득하고 나는 딴 세상 사람처럼 아늑하다

그때, 아득히 높고 먼 곳에서 뒤통수를 내려다보는 듯 그윽한 눈동자 하나, 나는 까만 한 개의 사물로 전신轉身해 눈동자 속으로 점 점點자로 수렴되고

無所有

누에처럼 푸른 혈관 어리는 허연 손가락이 꿈틀, 문지방에
끼워놓고 간 법정스님의 '無所有'
　-1976년 범우사 발행 문고판

덜고 더할 것 없는 가난한 자취생에게 주인집 딸은 뭘 더
가지지 말라고 무소유를 화두로 던진 걸까, 군고구마처럼
속이 뜨거워져 나는 문장에 밑줄을 긋고 행간의 숲을 헤매
며 붉은 마음 한 조각 찾아 하얗게 밤을 새웠던 것인데

세월이 흘러 그녀는 남쪽지방 어느 갑부에게 시집갔다는
풍문이고
　나도 못잖게 큰 부자가 되었다네

손가락에 입력된 숫자로 철거덕 열리는 철갑문의 성주가
되었고 대형 사각 벽장에선 24시간 뉴스와 오락과 잡담이
끊이지 않고 손안에는 터치, 터치만으로 지구 반대편의 당신
과 실시간 교신할 수 있는 요술 상자가 있고 냉장고 속에는
냉동된 사계절 품목이 무진장 쟁여 있으니

하지만 원천을 알 수 없는 이 결핍은 뭐란 말인가 너무 많이 소유한 것은 소유하지 않은 것과 같아서인가 사랑이 넘치면 원망이나 이별이 되듯, 나는 가난하고 외롭고 쓸쓸할 뿐 도무지 높지가 않으니*, 퇴근길 뒷덜미에 내려앉는 석양에 무시로 눈가가 젖고 한 끼의 단출한 식사를 함께할 따뜻한 가슴을 찾아 빌딩숲을 어슬렁거리는 디지털 유목민의 후예,

볕뉘가 인색한 겨울 산방에 엎드려 황금색으로 퇴색한 無所有를 꺼내 읽는다 무소유란 소유하지 않는 것이 아니라 필요한 만큼만 소유하는 것이라는 스님의 말씀을 서늘하게 정독한다 세계는 없는 욕망을 채굴해서 더 가난해졌음을 이 시리게 독해한다

온몸이 불두덩이던 시절 부자였던 그녀가 가난한 자취생에게 無所有를 던져 준 것은 전부 다는 아니고 필요한 만큼만 자신을 가져 보라는 에로틱한 반어였다고 즐겁게 오독하

며 세월의 급류에 휩쓸려 간 열망의 뜨물에 쓸쓸히 손을 적
신다

* 백석의 시 「흰 바람벽이 있어」 중에서 차용

생활의 발견

화장실에 앉아 원 플러스 원 두루마리 화장지를 갈아 끼
울 때마다
원 플러스 원은 산수가 아니라 상술이라는
생각, 태엽처럼 풀어진 시간을 되감고 싶다는
생각, 나도 쉽게 풀리고 나면 즉시 갈아 끼워질 거라는
생각

봉지를 열면 푸시시 바람 빠져 홀쭉해지는 스낵 과자를
먹을 때마다
과자 반 질소 반, 주객이 전도됐다는
생각, 나도 내 생의 주인으로 살기는 글렀다는
생각, 세상의 주객이 자주 뒤바뀐다는
생각

원 플러스 원 치약을 악착같이 짤 때마다
누군가 나를 끝 간 데까지 짜내고 있다는
생각, 나도 언젠가 거덜 나고 나면 그 참 헤프군, 소리를
들으며

치약 튜브처럼 버려질 거라는
생각

오늘도 아내는 헤프다고 투덜대면서
원 플러스 원 화장지와 스낵과 치약을 사 나르고
그럴수록 나는 자꾸만 풀어지고 거덜 나고 있다는
생각, 생각, 생각.

그날 이후

현묘한 구름을 보면 점치는 습관이 생긴다
한 옥타브 높은 새의 합창에 귀를 의심한다
개미 떼가 해안을 기어가면 소름이 돋고
수상한 악취가 나면 당장이라도 벗어나고 싶어진다

우리는 오감 충만한 점성술사가 되어 갔다
사실을 뒤집으며 회의하는 철학자가 되어 갔다
언어의 미묘한 뉘앙스를 뜯어보며
신경증적인 언어학자가 되어 갔다

지축이 일상의 관성을 흔들어 버린 후
가만히 누워 있어도 배를 탄 것 같다
지구의地球儀에 매달린 개미처럼 민감해져
걷다가도 발밑의 없는 낌새를 낚아채려 촉수를 내민다

땅거죽은 야바위꾼 손등처럼 무표정하고
도둑의 발걸음으로 접근하는 거대한 움직임이
땅 밑 어디쯤에서 꿈틀대는 것 같아서

오늘밤 불안의 식탁에 앉아
불안의 정식을 먹고
안부를 후식으로 먹은 뒤
울렁거리는 침대에서 불안의 잠을 청한다

목줄

카페에서 커피 두 잔을 시켰더니
동그란 진동벨을 꼭 쥐어 준다

순간 말뚝에 매인 염소처럼
어린 여종업원과 나 사이에
보이지 않는 반경이 생겨난다

-멀리 가지 말고 거기 꼭 있어야 해요!

나는 반경 안에서 잘 통제되고 있다
오금이 저린데 시원하게 갈기고 싶은데
그녀가 나의 목줄을 당길 것 같아

탁상 위의 대화는 가장자리에서 맴돌고
진동벨과 나는 서로 눈싸움을 하고 있다
진동벨은 울리지 않고, 침묵이 가장 불안한 언어일 때가
있지,

나는 커피 값을 지불했고 고객은 왕
왕처럼 거만하게 기다리면 될 일을
왜 안절부절못하는가 왜
반경 안에서 맴맴 돌아야 하는가

드르륵 드르륵, 마침내
어신魚信이 오자
주문을 낚아채려 쏜살같이 달려간다

공손하게 진동벨을 반납하고
커피 두 잔이 내 손에 들려지자 비로소
내 목에 감겨 있던 목줄이 뚝 끊어지고
나는 도시의 울타리 안에 다시 방목된다

우여곡절〔寺〕

기도하러 간다네

부처님도 보살님도 진신사리도 모셔져 있지 않고

억만금의 시줏돈에 머리 조아리며

손이 발이 되도록 싹싹 빌어도

성근 면발처럼 기도발이 뚝뚝 끊어지는

단골 기도도량에 복 빌러 간다네

선사의 훈훈한 말씀 대신 딸랑딸랑

하심의 풍경風磬 깨우는 바람의 잔소리만 서늘한 곳

가라 구절양장 돌아서 오라는 메아리뿐이지만

수행행렬 끊이지 않는 세상의 법보종찰

주야장천 천신만고 돌고 돌아 왔지만

아직도 멀었다며 죽비 내리치는 절집,

첩첩산중에는 없고

세상의 관문에 떡하니 서 있는 불이문 지나

차안此岸의 본당에 이르기 위해

오늘도 오체투지로 우여곡절에 가네

시래기

푸르렀던
생각도 말씀도 다 부려 놓은
고승의 운수행각

겨울의 심장을 관통한다

밤새 머리맡에 쌓이는
마른 발소리

들판 살얼음을 밟으며
서쪽으로 멀어져 간다

아내는 낡아서 일가를 이뤘다

날렵한 몸매를 실어 나르던 하이힐은
낡아서 무거운 생계를 끄는 단화가 되었고

찰랑대던 검은 머리칼은
낡아서 가을바람에 나부끼는 억새꽃이 되었다

좋아라, 폴짝대던 설렘의 언덕은
낡아서 잡풀 듬성한 둔덕이 되었고

새의 날갯짓으로 차오르던 욕망은
낡아서 새장 속의 새처럼 갇혀 버렸다

아내가 알뜰히 낡아 가는 동안
세계는 날마다 갱신했다

나는 명예의 녹음을 구가했고
아이들은 겨드랑이에 푸른 잎사귀를 주렁주렁 달았다

이름 없는 도공의 손끝이 빚은 질그릇이
시간의 더께를 털면 보물이 되듯

인고라는 이끼를 먹고 알뜰히 낡아서
대웅전 마루처럼 빛나는 사람아!

테트라포드

사랑은 철석같을 것 같았다 광풍과 파도가 덮쳐도 끄떡없을 것 같았다 결속과 비밀이 잘 유지되었으므로 풍문의 파랑은 잘 분산되고 흡수되었으므로

어젯밤 낚싯대를 드리우던 그림자가 바닷속으로 사라졌다고 한다 목격자는 없었다 끝만 겨우 물 밖으로 드러낸 채 미동하는 낚싯대가 실종의 향방을 암시해 줄 뿐, 한 번 삐끗하자 급전직하로 추락했을 것이다

투망 속 물고기처럼 출구를 발견할 수 없었으리라 뼈 없는 공기와 물은 손아귀에서 쉽게 빠져나갔으리라 추락의 입구는 좁았지만 바닥은 깊고 넓었으리라
추락 지점과 발견 지점은 늘 불일치했고

한 무더기 울부짖음이 광풍처럼 지나가자 아무 일도 없었던 것처럼 결사적으로 비밀을 수장시킨 콘크리트 구조물 위로 낚시꾼들이 몰려들고 있다 수평선이 폭풍우의 몸집을 키우고 있는 줄 모른 채 사랑의 진앙이 꿈틀한 줄도 모른 채

기하학적으로 가장 견고하다는 네 개의 뿔을 톱니처럼 맞
물고 전투태세를 갖추고 있다 테트라포드,

　위험한 사랑의 역학이여

숫돌

마음이 없네
칼날을 푸르게 벼린 것은
숫돌의 무심無心이라네

뜻이 없네
손가락을 쓱, 벤 것은
칼의 무념無念이라네

무심한 그대 숫돌에
그리움의 칼날을 갈아
뜻 없이 빈 가슴을 베는

부주의한 나의 마음 놀림이여
낭자한 상처여

천리향 설움에 젖어

집 근처 쌈지공원을 지나가다가
은목서 자욱한 꽃향기에 발목이 젖는다
꽃향기가 천리까지 간다는 천리향이다
꽃향기가 천리를 간다는 것은
천리 밖에서 목을 길게 빼고 기다리는 누군가 있다는 것
그이에게 전해 줄 한 소식이 있다는 것
도심의 매캐한 공기 오롯이 들이켜고도
이토록 웅숭깊은 향을 뱉는 너는
세상의 갖은 풍문과 하소연 큰 귀로 듣고
귀한 말씀 골고루 나눠 주는 큰스님 같다
뒤의 향기가 앞의 향기를 밀고
그 뒤의 향기가 또 앞의 향기를 밀어
천리 밖까지 소식 실어 나르는 천리향이여
맨발로 닿고자 하는 천리향의 간절함이여,
나에겐 천리 안에조차
알뜰한 소식 전해 주고픈 이 가고 없으니
향기를 피워 올릴 꽃술마저 시들었으니

386 따라지

어스름에 팔도에 흩뿌려져 있던 사내 예닐곱이 펜션으로
모여들었다
　일상의 혹들을 떼어 놓은 채
　세파가 파 놓은 이마의 고랑과
　된서리 맞아 희끗해진 거친 머리칼에
　생계의 중심축인 불룩한 배를 흔들면서

　캠퍼스에 〈임을 위한 행진곡〉이 울려 퍼질 때
　얼굴을 가리고 보도블록 조각을 의무처럼 팔매질하고
　잉여의 청춘을 팔아 밤새 막걸리를 마신
　그러나 끝내 절정엔 서지 않았던 386따라지들,
　아슬아슬 생존의 급류를 타고 여기까지 밀려온

　총천연색 추억담과 몇 순배의 폭탄주가 돌고
　직장과 처자식이 갈가리 안주로 찢겨지는 사이
　누가 정리해고 됐고 암으로 죽었고 이혼했고 파산했다
는 둥
　한 다리 건넌 지인들의 부음과 불행의 뒷담화만이

따라지들의 생존을 돌올하게 했을 뿐인데

밤하늘 별들이 촘촘하게 알을 슬어 놓을 즈음
임을 위한 행진곡 대신 울려 퍼진 〈안개 낀 장충단공원〉,
안 보여 안 보여 안 보여 앞이 안 보여… 누구의
운율 맞춘 주정을 흘려들으며
소금 먹은 미꾸라지처럼 풀이 죽은 386따라지들,

다음 날 아침 불어 터진 라면으로 속을 풀고
짙은 안개 밖으로 탄피처럼 흩어졌다
다시 만나자는 언약은 바람에 나부꼈지만
언제 어디서 무엇으로, 화약 빵빵하게 충전된
탄환으로 모일는지는 기약하지 못한 채

능소화 凌霄花

너로 인해 한여름 밤은 환한 어둠이다

광부가 헤드랜턴을 끼고 갱도를 뒤지듯

너를 머리에 이고 한여름 밤의 꿈을 찾아 떠나고 싶다

광맥을 찾듯 꿈맥을 찾아

세월의 급류에 휩쓸려 가 버린 슬픈 꿈 하나를,

하늘〔霄〕을 능멸〔凌〕한 죄로 눈이 멀었다

작열하는 태양에 당당히 맞서는 너의 결기는

한때 빛나던 내 사랑의 은유인가

신의 질시를 받은 사랑의 방자함으로 인해

한동안 삶은 불 꺼진 터널이었겠지만

눈을 감고서야 환하게 드러나는 어둠의 속살,

지금 상처 많은 내 사랑도 지상 어디쯤

능소화 꽃등 아래 유유히 흘러가고 있기를!

12월의 붉은 단풍나무 숲에서

북쪽에는 벌써 잣눈이 내렸다는데 12월에도 단풍이 불타
는 숲을
봤다는 말(言)을 좇아 한달음에 뛰어올라 갔습니다

수정산 7푼 능선 산의 늑골쯤 자리일까요 붉은 단풍나무
군락이 환한 등을 걸어 놓고 있었습니다 한랭전선은 이미
반도를 덮쳐 산들은 소나무의 푸름 아니면 활엽수들의 무
채색, 이분법의 세상인데 이곳이 따뜻한 남쪽나라임을 강조
라도 하려는지 키 큰 단풍나무 수십 그루가 우듬지에서부터
푸른 도화지에 부지런히 붉은 붓질을 해대고 있었습니다

어쩌다 식은 재 들춰 보면 작은 불씨 보듬고 있듯이, 덜떨
어진 사람 낡은 이념 한물간 유행가 이별의 미련 따위 꼼지
락거리는 시간의 불씨들을 겨울산은 꼭꼭 숨기고 싶었던 모
양입니다

싸늘하게 떠나간 정인情人도 양지바른 마음자리에 붉은
단풍잎 몇 장 나부끼고 있을 거란 생각에까지 미치자 까무

룩 식어 가던 내 안의 계절도 새뜻하게 달아오름을 느꼈습
니다 낡은 나를 수선해 온 세월의 손아귀에 붉은 단풍잎 몇
장 쥐어 주고 싶은 황홀한 날이었습니다

노안老眼으로 당신을 읽다

조금 물러난 뒤에야 비로소
선명하게 보이는 지점이 있습니다

당신을 낱낱이 속속들이 독해하려고
바짝 끌어당겼던 나날들, 그럴수록

안개처럼 모호하고 난해하고 흐릿해지는 당신,
이제는 조금 넉넉하게 물리려 합니다

조금씩 조금씩 밀어내다 보면
자석의 극이 밈과 당김의 성질을 툭 놓아 버리는
딱 그만큼의 거리에서
당신은 비로소 읽히기 시작합니다

꽃의 화려함을 채집하기 위해
꽃 속으로 뛰어들 수는 없는 일,

애착의 돋보기를 들이대지 않고

원망의 안경을 벗어던져도 초점이 잘 잡히는
그 어디쯤의 지점에서, 당신이란

난해한 책이 조금씩 독해되기 시작합니다
비로소 당신을 학습하기 시작합니다

제 4 부

입안에 고여 오는 얼굴

계절의 부록 같은 유월에 살구 익어 가면

입안에 흥건히 고여 오는 얼굴이 있다

쌔그러운 풋사랑의 배앓이와

누른 완숙의 기다림이 있다

등 굽은 살구나무 그늘 밟으며

당신과 손잡고 허위단심

보리누름 언덕길 넘어가던 유년의 허기,

그 속살을 쫙 가르며

말끔하게 발라진 살구씨처럼 깨물어도

깨어지지 않는 서러움이 있다

상어의 변주곡
-돔베기 그리고 샥스핀

1
난바다 거친 파도와 맹렬한 유영의 속도를
붉은 속살 잎맥 무늬로 염장한 채, 상어는
제물로 받쳐지기 위해 산골까지 헤엄쳐 온 걸까
추석 전날 밤, 달은
보름을 완성하려 최후의 들숨을 남겨 놓았고
늙은 어머니는 부엌에서 남포 불빛에
돔베기를 굽느라 재바르게 어둠을 휘저었다
조막손들은 밤늦도록 못난 송편을 빚으며
지지직 바다 타는 냄새에 귀를 쫑긋 세우고
상어의 고향 남태평양 어디쯤을 자맥질했을 것이다
아침 차례상에 오른 돔베기 산적 한 점씩 받아 들면
식구들의 두레밥상은 푸른 파도로 일렁이고
오래 길든 육식성 허기가 말끔하게 방목되었다

2
부자들의 파탄 난 입맛을 되살리기 위해
셰프의 손에서 샥스핀의 꽃이 피어나는 동안

지느러미가 잘려 나간 상어는
일생 닿지 못한 심해 제단에 봉헌되기 위해
중력과 부력 사이서 천천히 침몰하고 있다
진화의 결정적 시점을 놓치고 부레가 없어
잠자는 동안에도 몸을 움직여야 하는
가혹한 운명을 타고난 상어에게
지느러미는 새의 날개와 같은 것,
지상의 식탁 위에서 화려한 만찬이 무르익을 때
심해 해초들의 애도 속에 최후를 맞는
상어의 마지막 날숨은 용오름으로 치솟고
흘린 피는 수평선 붉은 노을로 부활하고 있다

솔갈비 · 1

어머니는 꼭 솔갈비로 밥을 지었지
마디고 불땀 좋은 솔갈비로 뜸을 들여야
질지도 되지도 않는 고슬고슬한 밥이 된다며
어머니 정지에서 아침밥 짓는 동안

어둑 잠결에 먼 바다 파도처럼 밀려오는
타닥타닥 솔갈비 타들어 가는 소리
보글보글 무쇠솥 밥물 끓어 넘치는 소리
달그락 달그락 그릇 부딪혀 어둠에 금 긋는 소리

어머니의 고슬고슬 고봉밥 받아먹으며
따박따박 의식의 등뼈 키우던
유년의 푸른 정원,

먼 훗날
얼룩지는 영혼의 빨래터

솔갈비 · 2

산역꾼들이 밧줄에 매단 관을 내리자
크고 검은 손들이 고수레처럼 흙을 떨구고
남매들의 날울음이 뭉텅뭉텅 순장되었다
나는 아직 슬픔에 길들지 않은 어린 짐승,
멀찍이서 솔갈비 긁어모아 모닥불을 쬐며
복인들의 마른 표정만 살폈다
오래 앓던 신음이 봉분 속에 간단히 갇히고
죽음은 엎질러진 그릇 모양으로 완성됐다
삶과 죽음이 이렇듯 쉽게 뒤집어질 줄이야
모닥불 솔 향 따라 아버지가 승천하셨다
철부지不知, 때를 놓친 농투성이가 땅을 치며 후회하듯
철들면서 만수위 눈물의 저수지가 출렁거린다
허허로운 날 솔수펑이 아버지 무덤가를 걸으면
솔갈비 몇 개 뜻 없이 정수리에 툭 박히고
새벽마다 쇠죽 끓이던 밭은기침 소리가
발 앞에 툭 툭 떨어져 나뒹군다
솔방울 몇 개를 차며 하산하는 발끝이 아리다

푸른 강냉이 시간의 윤슬

늙은 누이야
아직도 기억하고 사는가

단발머리에 푸른 강냉이 이고
가풀막 산길 오르던 여름날
삶은 강냉이 팔러 가는 숲길,

고요를 쪼아대던 뻐꾹새 울음과
산들바람이 건네던 서늘한 위안의 말씀을

산 중턱 기도원 하얀 지붕 위로
도시 아이들 찬송가 소리
물안개처럼 피어오르고

강냉이 같은 통통한 알종아리
간잔지런한 치열 드러내며
뒤돌아보는 네 부끄럼처럼
들판에 흔들리던 망초꽃 무리를

적빈赤貧에도
이마엔 어린 별 몇 개 돋아나던
푸른 강냉이 시간의 윤슬을

아직도 기억하며 사는가
가난의 댕기를 일생 드리우고
거친 들판을 건너는 망초꽃아,

퇴장退藏

국립김해박물관에서 말흘리 유물전을 보고 나오다가
천년 전 화엄장식들을 땅속 깊이 묻은 채 산사山寺를 급박
하게 떠나야 했던 사연은 무엇일까
먹먹하게 걸어가다가
천년을 건너온 말발굽 소리에 화들짝 놀란다

양은냄비 옷가지 이부자리 세간들 단출하게 챙겨
영문도 모른 채 고향을 떠나던 날
세발자동차 짐칸에 짐짝처럼 구겨진 채
멀어지는 동네 풍경을 엿가락처럼 길게 늘이며 돌아보았지
구슬 딱지 만화책 눈썰매 굴렁쇠 연 새총 망치 따위
유년의 뒤란을 푸지게 수놓았던 화엄장식들을 버려둔 채
급하게 떠나야 했던 사연은 여전히 비밀인데
비포장 신작로로 세발자동차는
내 삶의 복선처럼 뒤뚱거리며 내달리고
언젠가 호시절 오면 퇴장한 장식품들 찾으러 오리라,
덜컹거리는 마음을 돌로 누르며
읍내로 이사 가던 날

남매들의 슬픈 표정이

말발굽 소리에 실려
40년을 훌쩍 건너오고 있다

통곡

어머니가 돌아가시자 대구 사는 종형수가 한달음에 달려와 관에 얼굴을 묻고 통곡하기 시작했다 곡성이 어찌나 맵고 차지던지 건너 마을 교회 종탑이 댕댕 울릴 정도였다 애간장을 녹여 버릴 듯 처절해 저러다 어머니가 놀라 깨어나시면 어찌나 저승 가던 길 멈추고 돌아오시지나 않을까, 어린 가슴은 설레기도 두렵기도 했는데 형수가 한 이틀 시원하게 울어 젖히는 통에 뒷산 멧비둘기는 기가 죽어 끼룩 끼룩 울음을 삼켰고 마당가 봉숭아는 연붉은 꽃잎을 툭 툭 놓아 버렸다 늙은 아버지의 슬픔도 황소울음처럼 누긋해졌던 기억,

슬픔의 극점인 통곡에 이르는 자만이 환희의 절정에 오르는 법을 안다고 했나 격렬하게 사랑할 때면 엉엉 울어 버린다는 어떤 여자 이야기를 술자리에서 흘려들은 적 있다 엉거주춤 조문하고 맹숭맹숭 조문 받는 상가喪家에 갔다 올 때면 바닥을 드러내 보이는 내 눈물의 저수지에 괜히 짱돌 하나 던져 본다 바닥과 돌의 직접 마찰을 잡아 주는 얇은 기름막 같은 슬픔이 겨우 참방대고 있다 뻐꾹새 서럽게 우

는 계절에는 깊은 산 너럭바위에 앉아 통곡이라도 한 번 했
으면, 죽은 혼령이 되돌아오거나 들꽃이 뚝뚝 떨어져 내리
거나

물메기

내 生의 심해에
슬픔 목目의 물고기 한 마리 살고 있다
어둑한 물의 시간에 발효돼
물컹거리는 무정형의 못난 물고기
동공이 퇴화해 수평선은 흐릿하지만
용골 같은 가슴지느러미 흔들며
슬픈 진화의 물살 세차게 헤쳐 나간다
애초 봇물 터진 눈물, 그 작은
눈으로는 차마 다 흘려보낼 수 없어
나머지 울음 살이 수렴해 온몸으로 울었으리라
그리하여 몸은 풍선처럼 부풀어 오르고
단단했던 뼈는 소금기에 흘러내렸으리라
한겨울 쓸쓸한 가슴들 술안주로 오르기 위해
수족관 먹먹하게 채우고 있는 물메기야
씹을 것 없어 더욱 애틋한 나의 슬픔아

오래된 침묵

가물거리는 호롱불 곁에서 어머니는 거미처럼 허공을 몇 번 더듬거리다 바늘과 실을 어린 손에 쥐어 주었지 나는 실 끝에 침을 발라 바늘귀에 족족 적중시켰지 뒷산 부엉이 울음이 어둠의 몸피를 키우는 밤, 텅 빈 장독처럼 어머니가 한숨을 내쉴 때 내 안에서 피어나던 불안의 꽃봉오리들, 새벽에 저린 소변을 보기 위해 눈을 떴을 때 미동도 않은 채 바느질을 하고 있는 어머니 가파른 등짝에 아슬아슬 매달린 침묵의 언어들, 어머니가 꿰매고 있는 것은 내가 낮에 들불을 쬐다 태운 나일론 양말일까 긴 밤과 아침을 덧대는 기다림의 솔기일까, 대청마루에 서서 오줌을 갈기며 쳐다본 밤하늘 별 무리가 얼어붙어 습자지처럼 번질 때 어머니의 한숨과 문풍지 흔드는 바람소리 아스라이 들으며 잠의 뿌리가 캄캄하게 뻗어 내린 밤 삐죽 열린 사립문을 흔들고 가는 북풍, 어머니가 켜 놓은 세월의 호롱불이 자진모리로 이울고 있는 줄을 침묵의 삭정이마저 꺾이고 있는 줄을 까마득히 모른 채 읍내 어디쯤서 아버지는 꽃들에 수작을 거는 나비가 되고 있었겠지

매실을 담으며

매실 한 소쿠리 씻어 말린다
손금을 타고 흐르는 향이
나른한 오후의 공기를 흔들어 깨운다

꽃과 열매의
아득한 거리를 생각해 보는 시간

이른 봄에 꽃의 암향暗香을 맡았을 때
왜 직설의 향기를 전해 주지 않나
말 못할 아쉬움에 서운했는데

지금에야 알겠네, 매화는
열매에도 남기기 위해
향을 탕진하지 않았다는 것을

남긴 향으로써
꽃과 열매 사이
아득한 거리를 예비했다는 것을

사라지는 것은 아껴둔 향으로써
남은 것과 사이에
아득한 시공時空을 수립하는가

당신의 빈자리,
당신이 아껴 두고 간 향으로
아득한 슬픔이 일렁이는 저수지

아버지 서책

친애하는 앞모습보다
먼산바라기 하시던 쓸쓸한 뒷모습의 잔영과
귓등으로 흘려듣던 훈계보다
차마 입안에서 불발된 주저의 말씀과
도탑던 가족의 두레밥상보다
파투난 저녁 식탁의 기억으로

아버지는
내 안에 오래 늙지 않고 머무신다
내 기억의 앙금이 떠오를 땐 더 젊어지신다

살아오면서
난해했던 아버지라는 암호를 해독하면서
나의 청춘은 조금씩 낡아 갔다

아버지라는 존재는
살아생전 내 맘대로 갈겨 적은 초판본에
부재의 시간

형식과 내용이 가감첨삭 되는,

해마다 판본을 달리하는 서책이다

우산 속의 마른 기억

허공에 사선 긋는 가을비
추억의 안감마저 젖어 휘청거리는 퇴근길 버스정류장

우산에 매달려 가는 젊은 연인의 뒷모습이
흐려진 망막에 우점雨點으로 맺힌다

세월이 가뭇없이 흘러도
끝내 젖지 않는 비의 맹점에
환한 기억의 등불 깜빡거린다

한 송이 비밀이 피어났다면
어깨 적시는 좁은 우산 아래라도 허공이다
얇은 덮개만 있어도 집이다
마음에 별이 뜨면 우주이다

그날 둘이는 밤늦도록 길 없는 길을 내며
지상의 끝 간 데까지 걸어갔을 것이다

우산 속에서 보송하게 피어났던
목화솜 같은 언약 한 송이

아랫목 쌀밥 한 그릇

골다공증 앓는 초가집, 밤은
깊어 찬바람 삼투처럼 새어드는데
집안의 온기 죄다 그러모은

큰방 아랫목
쌀밥 한 그릇 냄새가

오일장에 가 대취한 아버지를 불러들이고
바람나 떠도는 큰누나를 불러들이고
뒷산에 나무하러 간 작은형을 불러들이고

허공을 짚으며 멀어져 가는 어머니의 짚신 발소리,

서울로 돈 벌러 간 큰형 기별은
늙은 물감나무 우듬지 빈 까치집에 걸려 있는

그런 섣달, 칠흑의 속살을 더듬으며
밤새 눈이 포슬포슬 내려

아침이면 어제의 상처를

밥상보처럼 폭 덮어 버리곤 하던 날들

가덕 팽나무

최첨단 빌딩이 잡초처럼 무성한 센텀시티
나루공원 대로변에 노부부가 살고 있지
불도저에 밀려 사라질 뻔한 세간 허둥지둥 수습해
바다 건너와 신접살림을 차린 350년 해로 부부,
영험 있다는 풍문에 약삭빠른 사람들은 비손하지만
빛과 소음에 막혀 하늘의 음성을 듣지 못한 지 오래,
옆질에 어지러운 뱃머리처럼 밤잠이 설다
발목 흥건히 적시던 비릿한 해조음과
밤바다 우박처럼 쏟아지던 은하수 별빛,
돌담 사이 낮은음자리로 흘러나오던 잠꼬대 대신
몸피에 가로로 그어지는 날카로운 자동차 소음
동공을 찌르는 빌딩 외벽의 불빛들
마음에 빗장 친 콘크리트 벽의 굳은 낯빛에
부부는 새벽잠 깨어 밤하늘 쳐다보는 날이 잦다
물고기 비늘처럼 빛나던 섬의 시간은 수장됐다
허리와 어깨쯤에 허연 붕대 친친 감고
팔다리에 주렁주렁 매단 링거 병과 쇠 지팡이들,
고향 가는 표식과 길 지워진 남쪽바다 쪽으로

묶인 몸 대신 발이 길게 뻗어 내린다

도꼬마리 사랑

가을 햇살 좋은 날
깊은 산속에 당신을 부려 놓고 돌아오는 길
바짓가랑이 잡고 따라온 도꼬마리 열매들

바깥세상 어디라도 데려가 달라고 애원하는
털고 털고 털어도 끝내 다 털리지 않는
까끌까끌한 손,

당신 몸의 집은 폐허로 변했는데
악착같이 달라붙는
검은 눈동자 파리한 입술 야윈 손발,

곰곰이 생각해 보면 당신은
그림자 없는 영혼 혹은 영혼 없는 그림자

달라붙는 것은 당신이 아니라
내 기억의 거죽을 뚫고 나온 미련의 가시들이
당신을 부여잡고 놓아주지 않는 것

한 장의 소지를 태우듯
무성한 기억의 들판을 불살라 보지만

불 탄 자리에 소름처럼 돋아나는
도꼬마리 가시가 악착같다

반어법 돌아가시다

여든 노인이 세상을 뜨자
그의 삶을 두 동강 냈던 마음속 휴전선이 뚝 끊어졌다
그의 영혼을 위리안치 했던 반공의 울이 싹 걷혔다
지독한 자린고비의 비린내가 집 안에서 빠져나갔다

고향에 절대 가지 않겠노라 큰소리쳐 놓고선 금강산 관광
갔다가 고향 소식 귀동냥에 산천경개 다 놓치고 아무것도
먹기 싫다면서 외식이라도 시켜 드리면 잔반 없이 싹 해치우
고 이제 죽어야지를 입버릇 하던

반어법의 대가

일생 수몰된 생계의 늪에서
실오라기라도 잡는 간절함으로 체득한 수사법을
능수능란 구사한 당신이 가시자

아바이 어마이 간난이 에미나이 거라지 귀때기 구신 따위
일생 식구들 귓밥에조차 앉지 못하고 밖을 빙빙 나돌던 북

쪽 사투리도 월북하고 말았다

　내 아이들에게 북방의 거친 피를 튕겨 준 당신이 가신 날은
　북녘 산천에 개나리 산수유 진달래 차례로 오시던
　반어의 계절이었다

즐거운 외풍

시골 누옥에 누워 즐겁게 외풍을 맞는다 외풍은 안과 밖이 내통하는 숨골, 나는 방에 누워서도 바깥세상과 은밀하게 내통하고 있다 산속 승냥이 가족이 몸 비비며 긴 겨울밤의 적막을 견디는 신음, 며칠 전 장사 지낸 사과밭골 박 씨 할아버지의 영혼이 여태 문복산 골짜기에 어슬렁거리는 기침소리, 저수지 얼음장을 슬며시 지치다 가는 그믐달의 뒤꿈치, 요양원에서 가르랑대는 암 환자의 힘겨운 몸짓… 나는 밤의 산골 대소사를 올빼미처럼 들여다보고 있다 산과 마을을 두루 후리고 다닌 외풍이 기별 한 보따리를 들고 와 머리맡에 풀어놓기 때문이다

집에 외풍이 분다는 것은 바깥세상에 찬바람이 치고 있다는 뜻 밤에 찬바람을 맞으며 누군가 담쟁이처럼 떨고 있다는 뜻, 외풍은 이불 밖으로 나온 내 코와 오른 손목 왼 발목을 차례로 베어 내지만 외풍으로 인해 나는 몸의 감각을 회복한다 낮과 밤 오르내리는 정신의 일교차를 비로소 감지한다 도시의 콘크리트 아파트에는 외풍이 불지 않는다 집에 외풍이 불지 않는다는 건 세상과 내통할 숨골이 막혔다는

뜻 이웃의 숨결과 바깥소식을 들을 길이 없고 종내는 심신
의 감각을 상실해 간다는 뜻,

　캄캄한 땅속에 누운 자는 외풍이 필요 없다 손돌바람에
흔들리는 묏등의 마른 풀은 혼령을 위무하는 하얀 수건의
춤사위일 뿐

| 해설 |

비루한 현실과 시적 성찰

구모룡(문학평론가)

1. 시인의 마음

시심을 품고 사는 일은 귀하고 소중하다. 마음의 문제이기 때문이다. 달리 자아의 문제이다. 자아는 '나'의 안에도 있고 밖에도 있다. 안팎이 만나고 길항하는 과정이 '나'이다. 때론 자아는 이러한 '나'를 반성하고 성찰한다. 이럴 때 사회적 자아와 진정한 자아가 나뉜다. 시적 자아는 부박하고 비루한 현실 속에 처한 사회적 자아를 돌아보는 과정에서 생성한다. 현존의 자아를 이격하고 진실한 '나'를 찾는 순간, 시적 시간이 다가온다.

시를 쓰는 단초는 자기를 찾고 말하는 데서 열린다. 모든 감정과 지각, 반성과 성찰은 시적인 것을 동반한다. 세계에 대한 주체의 직접적인 반응이 그에 상응하는 구체적인 언어를 입을 때 시가 발화한다. 언어와 더불어 자아를 힘겹게 부둥켜안고 가는 일은 시인의 운명과도 같다. 시인의 자기표

현은 두 가지 싸움을 전제한다. 그 하나는 나르시시즘을 극복하는 것이고 다른 하나는 그에 상응하는 시어를 포획하는 일이다. 실제 이 둘은 분리되지 않는다. 자기연민에 머물 때 시의 언어는 감정의 분출에 그치고 만다. 자아를 지우는 슬픔이 요구되는 대목이다. 서정시가 비가(elegy)에서 비롯한다는 사실은 틀림이 없다. 타락하고 훼손되며 초라하게 마모되고 있는 자신을 바라보는 슬픈 눈길에서 시적 지향이 반짝이기 때문이다. 하지만 시인에게 요구되는 것은 더 큰 슬픔이다. 자기를 부정하는 힘이 클수록 슬픔은 더 커지고 타자를 향한 마음도 넓어진다.

2. 유년의 꿈

흔히 서정적인 것을 돌아보는 감정에서 찾는다. 현재의 '나'에 대한 반립의 거처가 과거의 기억 속에 있는 탓이다. 특히 유년과 고향은 시적 자아를 환기하는 주된 매개물이다. 유년은 말할 수 없고 말해지지 않은 경험의 순수함을 지닌다. 시인은 유년을 거울로 삼아 현재의 자아를 되새긴다. 자기연민을 수반한 노스탤지어는 오래된 시적 원천이다. 윤현주 시인의 시적 단초에도 유년이 자리한다. 그것은 "보리누름 언덕길 넘어가던 유년의 허기"(「입안에 고여 오는 얼굴」에서)와 "어머니의 고슬고슬 고봉밥 받아먹으며/따박따박

의식의 등뼈 키우던/유년의 푸른 정원"(「솔갈비·1」에서)과 같은 양상을 지닌다. 시인에게 유년은 "말끔하게 발라진 살구씨처럼 깨물어도/깨어지지 않는 서러움"(「입안에 고여 오는 얼굴」에서)처럼 지워지지 않는 기억으로 남아서 "먼 훗날/얼룩지는 영혼의 빨래터"(「솔갈비·1」에서)로 삶을 정화하는 장소가 된다.

의식이 분화되지 않는 유년은 사실 말할 수 없는 기억의 세계이다. 시인이 기억하는 것은 경험의 잔상들이며 이로써 유년은 재구성된다. 가난과 상처가 있는가 하면 사랑과 행복의 기억이 공존한다. 그럼에도 존재의 가장자리를 환하게 밝히는 순수한 불빛이 있다. "적빈에도/이마엔 어린 별 몇 개 돋아나던/푸른 강냉이 시간의 윤슬"(「푸른 강냉이 시간의 윤슬」에서)로 반짝인다. 이와 같이 유년의 이미지들은 시인의 현재를 반추하게 한다. 과거의 추억과 현재의 삶을 대비함으로써 바라는 자아에 대한 기대를 강화한다. 가령 「상어의 변주곡-돔베기 그리고 샥스핀」은 유년과 현재가 반립하는 이미지들을 매우 뚜렷하게 그리고 있다. "식구들의 구레밥상"에 "푸른 파도"가 일렁이게 하던 "돔베기 산적"과 "부자들의 파탄 난 입맛을 되살리기 위해/셰프의 손에서" 꽃으로 피어나는 "샥스핀"의 거리만큼 유년과 현실의 이반이 심각하다. 시인이 이와 같은 대비를 통하여 얻고자 하는 효과가 무엇일까? 그것은 교환가치가 지배하는 현실에 대한 비판과 더

불어 잃어버린 가치에 대한 추억이 아닐까?

상실한 동일성을 찾아가는 시인의 행보는 일회성으로 그치지 않는다. 시원의 잔상들은 생의 계기마다 그 의미를 증폭하며 거듭 나타난다. 「퇴장」이 말하듯이 시원의 부름에 화들짝 놀라는 일이 적지 않다. "국립김해박물관에서 말흘리 유물전을 보고 나오다가/천년 전 화엄장식들을 땅속 깊이 묻은 채 산사를 급박하게 떠나야 했던 사연은 무엇일까/먹먹하게 걸어가다가/천년을 건너온 말발굽 소리에 화들짝 놀란다." 심연의 소리가 울린 탓이다. "양은냄비 옷가지 이부자리 세간들 단출하게 챙겨/영문도 모른 채 고향을 떠나던 날"이 떠오른 것이다. 이처럼 향수는 찬란한 것과 슬픈 것을 함께 동반하면서 지금의 '나'를 깨우친다. 무엇보다 가족사에 깃든 애환과 상처에 대한 기억은 오래도록 시인을 사로잡는다. "어머니가 켜 놓은 세월의 호롱불이 자진모리로 이울고 있는 줄을 침묵의 삭정이마저 꺾이고 있는 줄을 까마득히 모른 채 읍내 어디쯤서 아버지는 꽃들에 수작을 거는 나비가 되고 있었겠지"(「오래된 침묵」에서)라는 진술이 말하듯이 유년의 아버지와 어머니는 "수작"과 "한숨"만큼 다르게 각인된다. 달리 "암호"(「아버지 서책」에서)와 "통곡"(「통곡」에서)으로 비교된다. "아버지라는 존재는/살아생전 내 맘대로 갈겨 적은 초판본에/부재의 시간/형식과 내용이 가감첨삭 되는, 해마다 판본을 달리하는 서책"(「아버지 서책」에서)이라면 어머니는 "뻐꾹새 서럽게 우는 계절에는 깊은 산 너럭바위에 앉아 통곡이라고 한 번 했으면, 죽은 혼령이 되돌아오거나 들꽃이 뚝뚝 떨어져 내리거나"(「통곡」에서)라고 진술할 만큼 그리운 존재이다. 아버지가 끊임없이 이해되고 재해석되어야 하는 "서책"과 같다면 어머니는 언어 이전의 정감의 대상이다. 시인은 모성에 대한 편향을 보임과 동시에 부성의 패러독스를 일찍부터 인식하고 있음을 보여준다. 어머니보다 아버지는 사회적 관계 속에 있는 존재이다. 따라서 사회로부터 침해받거나 병리적인 측면을 지닐 공산이 크다. 유년의 풍경 속에 놓여 있는 아버지의 모습은 줄곧 시적 회상의 대상이 된다.

유년은 "세월이 가뭇없이 흘러도/끝내 젖지 않는 비의 맹점에/환한 기억의 등불"(「우산 속의 마른 기억」에서)과도 같다. 때론 상처로 고통을 환기하고 콤플렉스로 사고의 진전을 가로막기도 하지만 존재의 등불이 되어 내면을 비추고 있음에 틀림이 없다. 따라서 유년은 시인의 시적 지평을 가두어 두지 않고 열어가는 적극적인 매개 공간이라 할 수 있다. 「물메기」가 말하는 "슬픔"과 같이 그것은 존재를 자각하고 타자와 공감하는 계기를 부여한다. 또한 그것은 나르시시즘으로 귀결하기보다 자아의 장벽을 무너뜨리면서 연민과 공감의 감수성을 강화한다. 확실히 유년은 시적 기저이며 추억과 귀향은 시적 지평을 열어가는 과정이다. 이를 통해 시적 자아는 현실의 고통을 더 예민하게 지각하고 더 깊은 슬픔 속으로 나아간다. 사회적 자아를 지우면서 새롭게 생성하는 자아는 부정의 부정을 거듭한다. 이러한 시적 수행의 단초가 바로 유년인 것이다. "도시의 콘크리트 아파트에는 외풍이 불지 않는다 집에 외풍이 불지 않는다는 건 세상과 내통할 숨골이 막혔다는 뜻 이웃의 숨결과 바깥소식을 들을 길이 없고 종내는 심신의 감각을 상실해 간다는 뜻"(「즐거운 외풍」에서). 이와 같이 만연한 무통사회에 민감한 것은 자아로 회귀하는 감성이 아니라 유년을 경과하면서 타자를 향한 감수성을 획득한 시인의 당연한 지향이다.

3. 비루한 현실의 성찰

유년은 시적 원천이지만 시인이 안주할 위안의 공간으로 지속하지 않는다. 오히려 그것은 비루한 현실에 대한 반성과 성찰의 기제로 재귀적 반복의 양식이 된다. 윤현주의 시에서 도시적 삶과의 "불화"는 자신을 갈아치워질 "임플란트"(「임플란트」에서)에 비유하는 국면에 비추어 심각한 양상을 보인다. 거대한 도시와 왜소한 자아라는 대비는 생활세계에 나타나는 시적 경험의 빈곤을 증폭한다. 「즐거운 외풍」을 통하여 알 수 있듯이 유년과 고향의 지향에서 연원한 유기적 세계에 대한 시인의 기대는 크다. 하지만 이러한 기대는 도

회의 일상에서 쉽게 충족되지 못한다.

> 애완견들의 재롱에 선악의 뿌리가 뽑히고/보이지 않는 손이 휘두르는 몽둥이에 상처 입고/밥이나 축내는 축생으로 퇴락한 나는/개울에 떨어진 낙엽처럼 개의 영토서 흘러가야 하오/가슴 속 작은 불씨로 보듬어 온 시의 땅으로 망명하려 하오/날카로운 본능의 이빨 대신 핏빛 꽃잎의 입술로/물어뜯는 대신 검붉은 서정을 짖어보려 하오/누가 알겠소 조개처럼 딱딱해진 영혼의 묵은 상처가/진주처럼 영롱한 시어 하나쯤 해감할지! (「기자들」부분)

기자가 직업인 시인이 자신의 일을 자조하고 풍자하고 있다. 이 시가 말하듯이 시는 타락하고 퇴락한 사회적 자아와 대립하는 자리에서 탄생한다. 진정한 자아를 찾아가는 내적 망명의 장소에 시가 있다. 「대추나무에 걸린 시」에서 시인은 "때늦은 등단"과 시 쓰기의 의미를 깊이 새긴다. "온몸으로 세월을 관통해야만" 한다는 의지와 더불어 "화려한 꽃의 수식 대신/태양의 뜨거운 직유와/달과 별의 은은한 은유, 그리고/뇌우의 활달한 활유"를 얻으려 한다. 여기서 우리는 비루한 현실과 시적 망명 사이에 위치한 시인의 긴장된 입장을 상기할 수 있다. 물론 이러한 입장은 불안하다. "굴종"과 "맹종"을 강요하고(「러닝머신」에서) "망각"(「포크레인」에서)과 "순치"(「지하철」에서)를 유인하는 현실세계의 법칙이 드세기 때문이다. 자칫 의지가 약화되고 부정의 힘이 줄 때 시적 모험이 유희로 하강할 수도 있다. 사건과 사물에 대한 날카로운 인식과 더불어 자아에 대한 성실한 해부가 병행되어야 한다. 다시 말해서 현실의 재현과 내면의 표현이 온전하게 만나는 방법이 필요하다. 가령 「K의 의자」와 「젖은 눈망울」은 때 이른 죽음을 맞은 후배와 불의의 사고로 죽은 노동자의 삶을 말하고 있다. 반면 「물먹다」와 「넥타이」는 각기 부당한 인사에 대한 자기풍자와 사회적 자아에 대한 자조를 내포한다. 타자를 향한 시선과 자기를 인식하는 태도를 알 수 있게 하는 대목이다.

사실의 수사나 자조의 어조를 넘어서 온몸으로 부정의 언어를 실현하긴 어렵다. 사회적 자아를 온전히 부정하는 시적 소외를 감당할 수 없기 때문이다. 현실을 비판하고 자기를 풍자하시만 시인의 위치는 쉽게 외부를 상상하지 못한다. 그에게 시는 비루한 현실에 처한 사회적 자아에 대한 반성과 성찰의 계기로 작동한다. 이러한 가운데 「맨발의 기억력」과 「숟가락의 연애법」과 같이 사물에 대해 세세하게 사유하거나 「헐렁한 시간」, 「모음을 파는 사내」, 「계절을 파는 여인」 등과 같이 일상과 풍속을 관찰하고 그려낸다. 이러한 시적 과정은 나아가서 「산복도로 풍경」 연작이라는 시적 성취를 얻는다.

「누가 내 이름에」가 말하듯이 시인은 사회적 자아에 대한 의심의 눈길을 거두지 않는다. 시적 성찰이 시작되는 지점이다. "원천을 알 수 없는 결핍"(「무소유」에서)과 존재의 허기를 지닌 시인의 시적 과정은 더욱 구체화될 것이다. 유년과 현실의 대비를 지나 진정한 자아를 찾는 모험을 시작하였기 때문이다. "낡은 나를 수선해 온 세월의 손아귀에 붉은 단풍잎 몇 장 쥐어 주고 싶은 황홀한 날"(「12월의 붉은 단풍나무 숲에서」에서)이 그리운 것이다. 시적 성찰의 힘은 "시적 정의"의 지평을 열어준다. 이는 공감과 연대의 공동체를 가능하게 한다. 윤현주의 시적 위치가 이러한 지평을 마주하고 있음이 사실이다. 그것은 아마 그가 기자-시인이라는 현실과 무관하지 않을 것이다.

윤현주

경북 경산 출생. 경북대학교 영어영문학과 학사. 부산대학교 국제전문
대학원 석사. 2014년 〈서정과현실〉 신인상을 수상하여 등단했고, 현재
부산일보 논설위원으로 재직 중이다. hohoy@busan.com